U0001487

咘 誰放的屁最好聽?

文·圖 奧原夢　翻譯 米雅

森林裡滿地落葉，田裡滿地番薯。
看來，這樣一直放著也不是辦法。

「來烤番薯嘍！」
松鼠話一出口，
野豬就跟著附和：
「來烤番薯嘍！」

「來烤番薯嘍！喔喔耶！」
森林裡的夥伴們也高聲喊著。

首先，要收集樹葉嘍！
堆呀，堆呀，往上堆，
要堆得比那座山還高喔！

接下來，要挖番薯嘍！
挖呀，挖呀，往下挖，
要挖得比這座山谷還深喔！

「落葉，有了！番薯，有了！
來烤番薯嘍！喔喔耶！」

大_{ㄉㄚˋ}家_{ㄐㄧㄚ}把_{ㄅㄚˇ}番_{ㄈㄢ}薯_{ㄕㄨˇ}放_{ㄈㄤˋ}進_{ㄐㄧㄣˋ}落_{ㄌㄨㄛˋ}葉_{ㄧㄝˋ}堆_{ㄉㄨㄟ}裡_{ㄌㄧˇ}，然_{ㄖㄢˊ}後_{ㄏㄡˋ}點_{ㄉㄧㄢˇ}火_{ㄏㄨㄛˇ}。

火ㄏㄨㄛˇ燒ㄕㄠ啊ㄚ燒ㄕㄠ，劈ㄆㄧ里ㄌㄧ啪ㄆㄚ啦ㄌㄚ、劈ㄆㄧ里ㄌㄧ啪ㄆㄚ啦ㄌㄚ；
煙ㄧㄢ冒ㄇㄠˋ啊ㄚ冒ㄇㄠˋ，呼ㄏㄨ咻ㄒㄧㄡ呼ㄏㄨ咻ㄒㄧㄡ、呼ㄏㄨ咻ㄒㄧㄡ呼ㄏㄨ咻ㄒㄧㄡ。

大家哪坐得住呢？
全都圍著火堆繞起了圈圈。
「烤好了沒？喔喔耶！
烤好了沒？喔喔耶！」

「差不多嘍！已經烤熟了！」

「耶！太棒了！番薯烤好了！」
大夥兒全都跳起來歡呼。

鬆鬆軟軟熱呼呼、鬆鬆軟軟熱呼呼。
烤番薯耶——烤番薯耶——

吃了番薯，就開始放屁。

啵哦 — 噗唔 — 噗哩

屁聲此起彼落，變化多端。
看來，這樣一直「放」著
也不是辦法。

「來舉行放屁大賽嘍！」
松鼠話一出口，
野豬就跟著附和：
「來舉行放屁大賽嘍！」

「來舉行放屁大賽嘍！喔喔耶！」
森林裡的夥伴們也高聲喊著。
大家決定好了，誰放的屁最動聽，
就把剩下的所有番薯都給他。
大家都「屁」氣高昂、躍躍欲試！

第一個上場的是松鼠。

噗鼠嘶～

有點不夠力，
不過，屁聲挺可愛的。

接下來輪到野豬。

這個屁勁道十足，
好有元氣的屁呀！

接下來輪到兔子。

噗哩

噗哩

噗哩

噗哩 噗哩

來了個
五連發的連環屁！

接下來輪到熊。

咘車轟〜

這個屁又大又長，甚至可以聽到
屁聲在肚子很深很深的地方迴盪。

接下來輪到狸貓。

碰

根本像在打鼓，
聽了就想起身跳舞。

接下來輪到小星頭啄木鳥。

噗嘿啵嘿咘—

好怪的屁聲啊！
大家都哈哈大笑。

到底誰的屁最動聽？好難選！

「請問～可以讓我試試看嗎？」

「你是誰？」
「我啊，我是番薯神唷！」
「什麼？番薯神？」
大家都嚇了一跳。

實ㄕ在ㄗㄞˋ太ㄊㄞˋ想ㄒㄧㄤˇ聽ㄊㄧㄥ番ㄈㄢ薯ㄕㄨˇ神ㄕㄣˊ的ㄉㄜ˙屁ㄆㄧˋ聲ㄕㄥ了ㄌㄜ˙，
大ㄉㄚˋ家ㄐㄧㄚ全ㄑㄩㄢˊ都ㄉㄡ安ㄢ靜ㄐㄧㄥˋ下ㄒㄧㄚˋ來ㄌㄞˊ。
「聽ㄊㄧㄥ好ㄏㄠˇ喔ㄛ˙ ，我ㄨㄛˇ要ㄧㄠˋ放ㄈㄤˋ嘍ㄌㄡ˙！」

番薯神的屁聲
聽起來就像在唱
Do Re Mi Fa So La Si Do
「這個屁，真好聽！
真是個好屁！」
大家都聽得好陶醉。

「冠軍是番薯神！」
「這些番薯都給您！」
「能拿多少算多少，夠嘍！」
番薯神兩手拿著番薯回家去了，
還邊走邊放屁呢！

剩了好多番薯，
而且葉子仍然掉不停，
看來，這樣一直放著
也不是辦法。

「明天也來烤番薯吧！」松鼠話一出口，
野豬就跟著附和：「來烤番薯唷！」
大家沒喊「喔喔耶！」反倒一起放屁了。

來烤番薯唷！

耶耶 咘一！

奧原 夢

1977年生於日本兵庫縣。辻學園日本烹調師專門學校畢業。出道作品為2008年出版的《鱷魚奶奶》，該書同年榮獲第1屆《MOE》雜誌繪本屋大賞新人獎；2010年《小斑馬去吃草》獲第41屆講談社出版文化獎繪本獎；2013年《半夜一點來的黑帽族》（幼獅文化）獲第18屆日本繪本獎。其他繪本代表作：《小啾的腳步聲》、《好黑又好長》、《圓滾滾貓》、《東撿西撿小小鬼》、《摸貓萬事通船長》等。

米雅

插畫家、日文童書譯者，繪本代表作有《比利FUN學巴士成長套書》（三民）、《你喜歡詩嗎？》（小熊）等。更多訊息都在「米雅散步道」FB 專頁及部落格：miyahwalker.blogspot.com/

步步出版

社長兼總編輯｜馮季眉
責任編輯｜李培如　　　主編｜許雅筑、鄭倖伃
編輯｜戴鈺娟、陳心方　美術設計｜吳孟寰

出版｜步步出版／字畝文化創意有限公司
發行｜遠足文化事業股份有限公司（讀書共和國出版集團）
地址｜ 231新北市新店區民權路108-2號9樓
電話｜(02)2218-1417　傳真｜(02)8667-1065
客服信箱｜ service@bookrep.com.tw
網路書店｜ www.bookrep.com.tw
團體訂購請洽業務部｜ (02) 2218-1417 分機1124
法律顧問｜華洋法律事務所 蘇文生律師
印製｜通南彩色印刷有限公司
初版｜ 2023年12月　定價｜ 350元
書號｜ 1BSI1095　ISBN ｜ 978-626-7174-59-3

Original Japanese title: YAKIIMOSURUZO
© Yume Okuhara 2011
Original Japanese edition published by Goblin-Shobo,Inc.
Traditional Chinese translation rights arranged with Goblin-Shobo,Inc.
through The English Agency (Japan) Ltd. and AMANN CO., LTD.

國家圖書館出版品預行編目(CIP)資料
咘誰放的屁最好聽? / 奧原夢文.圖 ; 米雅翻譯. -- 初版. --
新北市 : 步步出版, 字畝文化創意有限公司出版 : 遠足文
化事業股份有限公司發行, 2023.12
面 ; 　公分　國語注音　ISBN 978-626-7174-59-3(精裝)
861.599　　　　　　　　　　　　　　　　　112020426